Meschenmoser, Sebastian, 1980-
    Aprendiendo a volar / autor e ilustrador Sebastian Meschenmoser,
traductora María Claudia Álvarez. -- Editor Mauricio Gaviria
Carvajal. -- Bogotá : Panamericana Editorial, 2015.
    48 páginas : ilustraciones ; 22 cm.
    Título original : Fliegen Lernen.
    ISBN 978-958-30-4919-4
    1. Cuentos infantiles alemanes 2. Pingüinos - Cuentos infantiles
3. Solidaridad - Cuentos infantiles 4. Amistad - Cuentos infantiles
5. Libros ilustrados para niños I. Álvarez, María Claudia, traductora
II. Gaviria Carvajal, Mauricio, editor III. Tít.
I833.91 cd 21 ed.
A1489249

CEP-Banco de la República-Biblioteca Luis Ángel Arango

Primera edición en Panamericana Editorial Ltda.,
junio de 2015
Título original: *Fliegen lernen*
© 2005, Thienemann-Esslinger Verlag GMBH,
Stuttgart (Alemania)
© Panamericana Editorial Ltda.,
de la versión en español
Calle 12 No. 34-30. Tel.: (57 1) 364 9000
Fax: (57 1) 237 3805
www.panamericanaeditorial.com
Bogotá D. C., Colombia

Editor
Panamericana Editorial Ltda.

Edición
Mauricio Gaviria Carvajal

Textos e ilustraciones
Sebastian Meschenmoser

Traducción
María Claudia Álvarez

ISBN 978-958-30-4919-4

Impreso por Panamericana Formas e Impresos S. A.
Calle 65 No. 95-28. Tels.: 4302110 - 4300355.
Fax: (57 1) 2763008
Quien solo actúa como impresor.
Impreso en Colombia - *Printed in Colombia*

Aprendiendo a volar

Texto e ilustraciones
de Sebastian Meschenmoser

PANAMERICANA
E D I T O R I A L
Colombia • México • Perú

Me llevé una sorpresa cuando descubrí que se trataba de un pingüino.

Había tenido un aterrizaje forzoso, dijo, pero yo le respondí que los pingüinos —y él definitivamente lo era— no vuelan.

Ahora él también lo sabía, pero al emprender
el vuelo lo hizo con la absoluta convicción
de ser un ave y por lo tanto, de saber volar.

En su vuelo se había cruzado con otros pájaros.

Y entonces comprendió que quizás
no estaba hecho para volar.

Cayó de manera abrupta.

Se veía tan indefenso que le creí
lo que me contaba y lo llevé conmigo.

Le di comida.

Y un lugar donde dormir.

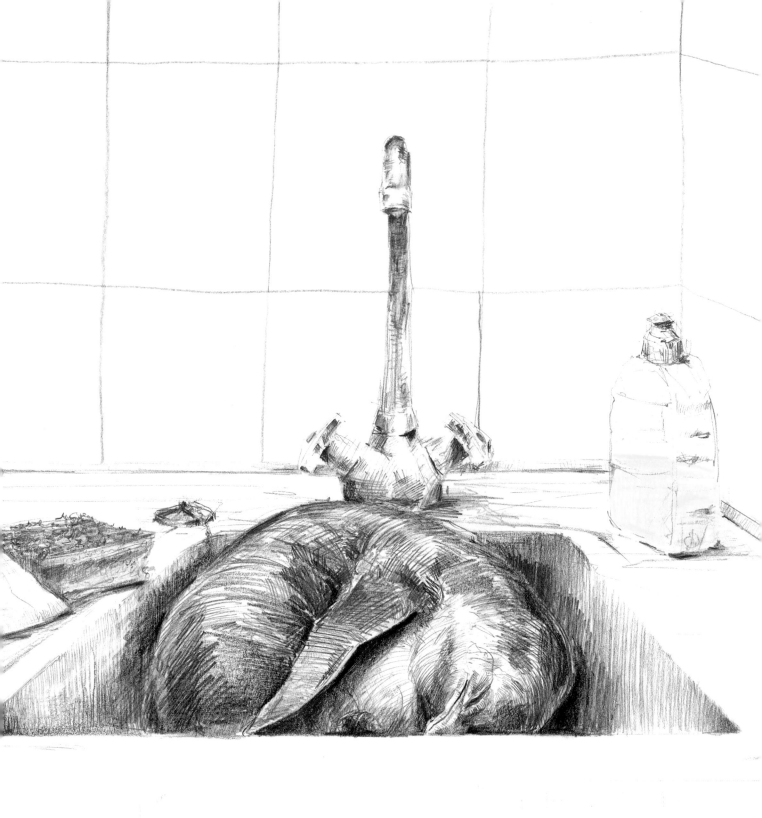

Al día siguiente confirmamos que
efectivamente no sabía volar.

Probé su capacidad aerodinámica,

su resistencia

y diseñé un programa de entrenamiento físico.

Tambien consultamos libros especializados.

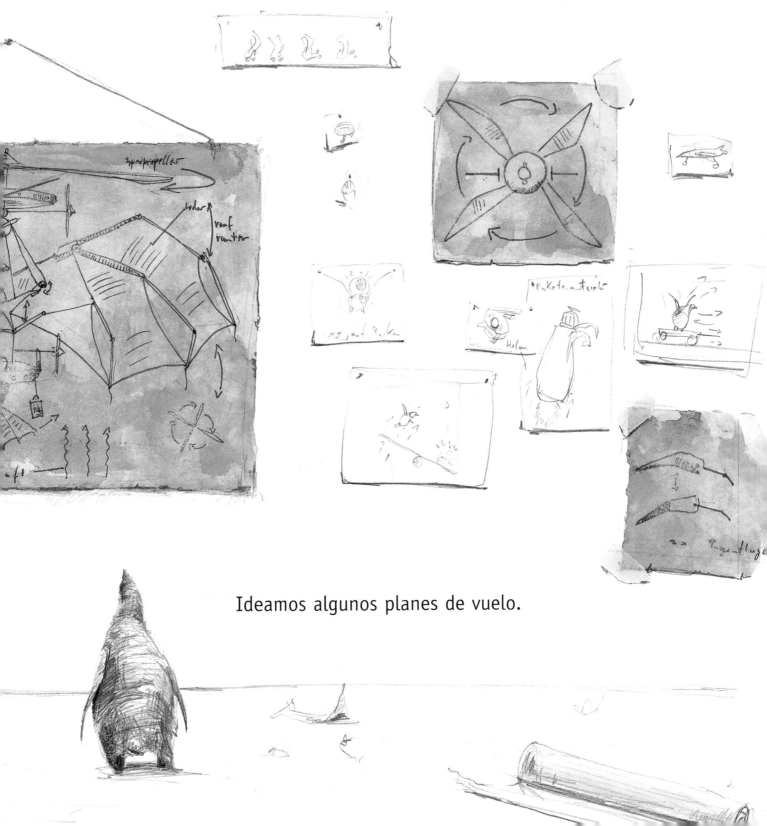

Ideamos algunos planes de vuelo.

Y desechamos otros.

Comenzamos a entrenar,

casi siempre afuera.

Lo intentamos todo,

pero sin ningún resultado.

Un día, justo cuando estábamos probando algo nuevo, oímos unos graznidos en el aire.

Una bandada de pingüinos pasó volando
sobre nosotros.

Así que él extendió las alas, aleteó con
fuerza, emprendió el vuelo y los siguió.

Para ser un pingüino, volaba muy bien.